LES HEURES,

POËME DIDACTIQUE,

EN SIX CHANTS.

Par le Cen Guyot desherbiers.

CHANT SECOND.

Le tems, son histoire, ses effets, ses caractères, son emploi.

Tempus edax rerum.

Avant ce lucide matin,
Où l'informe et rude matière,
Fille éternelle du destin,
Reçut sa figure première;
Elle eut, avec le tems, son frère,
Dieu gourmand, avare et mutin,
Elle eut une outrageuse guerre.
Sur cette masse, projeté
Depuis toute l'éternité,
Il se consumait à la mordre;
Et sa triste voracité
Avait, jusqu'alors, arrêté
L'heureuse influence de l'ordre,
Enfant raisonnable et charmant,
De l'impétueux mouvement
Et de la sage intelligence.
Soit lassitude, soit prudence,
Soit qu'il ne pût faire autrement,
Le tems, à la fin, lâcha prise
Et transigea, sous l'entremise
Du Souverain, père commun,

Qui leur départit à chacun,
Dans sa volonté mesurée,
Et leur travail, et leur contrée.
« Tu vois, dit-il un jour au tems,
Que, malgré tes efforts constans,
La coéternelle matière
Demeure toujours toute entière.
A compter d'aujourd'hui, j'entends
Qu'à Nature, ta sœur féconde,
D'inoculer la vie au monde
Tu laisses désormais le soin;
Et de tes appétits énormes,
Pour assouvir l'âpre besoin,
Il te sera, de loin en loin,
Permis d'en dévorer les formes ».
A cet irrévocable arrêt,
Forcé d'obéir sans murmure,
Le tems cherche son intérêt
A bien vivre avec la nature.
Concourant de son bras charnu,
Au mécanisme continu
Où rien n'est détruit, quand tout change,
Silencieusement il mange,
Mais il ne digère jamais
Rien, de l'impérissable mêts.
Dès lors, à la commune tâche
On vit le divin attelier
Marcher, d'un accord familier,
Et s'évertuer sans relâche.
Ils éveillent les élémens

Ensemble mêlés et dormans.
L'un avec l'autre se balance
Dans la symétrique unité.
De leurs mains le soleil s'élance
Au centre de l'immensité ;
Du haut de son front étincelle
L'or d'une jeunesse immortelle ;
Sur ce trône de majesté,
Immobile arbitre, il se charge
De faire épanouir au large
La vie et la fécondité.
De ses clartés et de son ombre
Il revêt des mondes sans nombre
Qui viennent composer sa cour,
Bal auguste, où chaque planette,
Sur son axe formant un tour,
Semble, industrieuse coquette,
Venir, au principe du jour,
D'un rayon demander la grace
Pour tous les points de sa surface ;
Puis, dans les parages du ciel,
Par une *VALSE* harmonieuse,
Parcourt le cercle graduel
De sa carrière radieuse.
Les caresses du Dieu vermeil
Font changer au terrestre globe
Des saisons la quadruple robe ;
C'est le favori du soleil,
Ou plutôt, l'homme qui l'habite,
Dans un orgueil que rien n'absout,

S'en veut arroger le mérite;
Car vous savez que, du GRAND TOUT
Portion infinitésime,
L'homme avait cru, jusqu'aujourd'hui,
Le GRAND TOUT fait exprès pour lui:
Que, partant d'une fausse estime,
Sur l'illusion de ses yeux,
Il avait fait marcher les cieux
Pour le service de la terre,
Et que ce calcul vicieux
Est encor celui du vulgaire.

Mais quittons ce langage austère;
Pour rémémorer les bienfaits
Dont le soleil, sur notre sphère,
Par ses inépuisables traits,
Soutient l'effusion prospère.

Le minéral germe, et se cuit
Dans les entrailles de la nuit:
Tandis que la plante, plus fière,
En fleurissant boit la lumière;
L'inappréciable aliment
De la vie, et du sentiment
Pour l'animal reste en réserve,
Et du soleil c'est l'élément
Qui meut tout, et qui tout conserve.
Si, d'un indifférent coup d'œil
Il déshérite une contrée,
Aux glaces, à la mort, au deuil,
Pour des mille ans, elle est livrée.

Interprète de la durée

Il en dessine chaque instant :
Ainsi, par un ordre constant,
Quand il est dit, que « toute chose
» Naît, croît, produit, s'altère et fond
» Dans l'oubli du gouffre sans fond »,
Et quand, de la métempsycose
Pratiquant les chemins tracés,
Un nouveau corps se recompose
De mille débris dispersés,
C'est le soleil qui tient le livre
Du tems que tout être doit vivre.
Mais toi-même, soleil, ô toi,
Soumis à la commune loi,
Dans le tombeau tu dois les suivre.
Encor quelques millions d'ans !....
L'haleine irascible du tems
Te tûra comme une étincelle :
Ce peuple de feux éclatans,
Qu'on voit sur la céleste échelle
Luttant contre toi de grandeur,
Craint, de sa bouche, un mot grondeur.
Il leur dira : DEVENEZ CENDRE ;
En foule, on les verra descendre
Par le soupirail des enfers :
Et d'autres astres, à leur place,
Nés des décombres de l'espace,
Luiront sur un autre Univers.

Dévastateur de tes ouvrages,
Réparateur de tes outrages,
Quel caractère est donc le tien,

Toi, qui fais tout, et qui n'es rien?
Des artistes l'ancienne école
Te figura, sous le symbole
D'un vieillard cruel, aux yeux faux,
Au front chauve, à l'ample stature,
Qui, d'une épouvantable faux,
Moissonne toute la nature;
Mais cet emblème est imparfait,
Puisqu'on y cherche en vain le trait
D'une éternelle renaissance
Des victimes de ta puissance:...
N'as-tu pas mieux la ressemblance
D'un mièvre enfant, qui, sur le bord
Du berceau de fer, où le sort
Eternellement te balance,
D'atômes épars et fortuits
Formes un fragile édifice,
Avec un soufle le détruis;
Et d'un puérile caprice,
Incessament le reconstruis.
Cette impatience risible,
Cet infatigable ressort,
Serait-ce un virtuel effort
Vers le meilleur ordre possible?
Peut-être, plus jeune et plus frais,
A force d'agiter les chances
De tes combinaisons immenses,
Feras-tu des êtres parfaits!
J'en ose embrasser l'espérance.
Déjà, n'as-tu pas dissipé

Cette épaisse nuit d'ignorance
Dont l'homme était enveloppé?
Couverte d'un hideux cuculle,
Déjà la superstition
S'enfuit de notre région
Par la porte du ridicule.
Le peuple, recouvrant ses droits,
Sait faire lui-même ses lois;
Plus de vassaux, plus d'esclavage.
Un pouvoir fraternel et sage
Tient lieu du BON PLAISIR des rois;
Du champ de la lumière sainte
Chaque jour agrandit l'enceinte:
O France! l'œil de l'Univers!
Par tes leçons, ô ma patrie!
La terre, des erreurs guérie,
Apprend à secouer ses fers...
Comble tes hautes destinées:
Que l'arbre de la liberté,
Par tes augustes mains planté,
Vive d'éternelles années!
Cet arbre, qui donne pour fleurs
Des connaissances et des mœurs,
Cet arbre, dont la pomme unique
Est la félicité publique....
Oh! que, de son branchage altier,
Il protège le monde entier!
Mais, que la tige soit en France,
Tressant, d'une heureuse nuance,
Ses innombrables feuilles d'or,

Avec le ruban tricolor !
Que de tous les points de la terre
L'ange rayonnant de la paix
Chasse, et précipite, à jamais,
Au fond de l'infernal marais,
Le démon sanglant de la guerre !
Que, de l'un à l'autre hémisphère,
La famille du genre humain
Se tende une amicale main !
Qu'aux épanchemens du commerce
Les mers ouvrent un sûr chemin !
Que par tout l'abondance verse
De la nature les doux fruits,
S'échangeant avec les produits
De l'ingénieuse industrie !
Qu'enfin l'humanité, fleurie
Dans le riche jardin des Francs,
Offre aux nations, des modèles
D'amis, et d'époux, et d'amans,
De bons fils, de tendres parens,
Et de patriotes fidèles !
Règne enchanteur de la vertu,
Quand te réaliseras-tu ?
Sans doute alors, ployant ses ailes,
Le tems, sur soi-même blotti,
Regardera, dans l'harmonie,
Rouler ce globe converti :
Ainsi que, dans l'antique Asie,
Si j'en crois le Brame innocent,
Des vertus la saison dorée

Fournit, au monde adolescent,
Dix-huit cent mille ans de durée.
Mais que dis-je ? éclair idéal
D'un bel espoir, qui m'en impose !
Poussé par le décret fatal,
Insensible au bien, comme au mal,
Le tems ne fait pas une pause.
Il faut, sous ses assauts cruels,
Que, tôt ou tard, se décompose
Le faible ouvrage des mortels.
Ni la vertu, ni le génie
N'ont le droit de s'en garantir.
L'homme à l'homme ne peut offrir
Qu'une immortalité finie.
Il veut perpétuer, en vain,
Avec le marbre, avec l'airain,
Ou sur la page de l'histoire,
Les idoles de sa mémoire !....
Sons en l'air !.... efforts superflus !....
Sur le plateau des Atlantides,
Sans doute il fut des Aristides
Dont le monde ne parle plus ;
Et le granit des piramides
Paye un tribut de chaque instant
A la poussière qui l'attend.
L'avenir est gros d'une race
Qui méconnaîtra jusqu'au nom
Et de Socrate, et de Caton.
Quoi ! rien ne peut obtenir grâce
Pour Homère, ni pour le Tasse !

O tems ! tu verras ignorer
Corneille, Raçine, Molière !
Au moins, pour justice dernière,
Garde-toi de les dévorer,
Tant qu'il restera, sur la terre,
Un homme pour les admirer.
— Mais quoi ! celui qui sent et pense,
Ne voyant plus, pour bien agir,
Ni son but, ni sa récompense,
Peut donc, d'un jour qui va finir,
Faire la frivole dépense
Autour des tables du plaisir,
Ou dans l'édredon du loisir ?
— Loin de nous ce lâche blasphème !
Sans chercher, dans un vain problème,
Si la gloire doit, du tombeau,
Outrepasser l'heure suprême,
Ah ! faisons le bien, pour lui-même !
Le prix est encore assez beau....
O tems ! sous ta rage félonne,
Loin de s'avouer abattu,
Le savoir, comme la vertu,
De ses propres mains se couronne.
Quel que soit, d'ailleurs, ton essor,
Sais-tu qu'il est une puissance
Dont l'acte est plus rapide encor...
La pensée.... auguste trésor
Dont l'homme seul eut jouissance !
C'est de la divine splendeur
La rivale immatérielle :

Le tems. . . . le tems n'est rien pour elle.
Du haut d'un angle observateur,
En un seul clin, l'œil du génie
Prend, de la substance infinie,
La surface, et la profondeur.
Au *non-être* il donne la vie.
  Lorsque la méditation
Apprit à Newton le miracle
Des lois de gravitation,
De l'impénétrable habitacle
Où se fabriqua l'Univers
Les battans lui furent ouverts :
En ce moment, de la Nature
Passée, et présente, et future,
Newton, interprète affidé,
Nous révéla son procédé.
O triomphe de la physique!
Par les lois d'un principe unique,
La marche des mondes s'explique,
Le mystère éternel est su :
Et, père de l'erreur antique,
Le tems se confesse vaincu...
Dis-nous, ô tems! quelle est ta honte
De voir qu'un seul homme démonte
Et rebâtit sur ses pivots
Tout le système des ouvrages
Où tu dépenses les travaux
De mille myriades d'âges.
  Le Moïse des Musulmans
Dans une fictive aventure,

Offre à ses crédules enfans
Une ingénieuse peinture
De la vitesse dont le tems
Trompe la main qui le mesure.
« Lors qu'avec la sève des ans
Pour ses lois la terre fut mûre,
Un de ces archanges parfaits,
Qui du très haut tiennent le dais,
Du firmament quitta le faîte
Pour notifier au prophète
L'heure des célestes décrets.
Près de sa femme la plus chère
Mahomet sommeillait alors.
L'ange l'enlève, esprit et corps :
Et le conduit de sphère en sphère,
Monté sur le dos d'Elborak
Dont le doux et rapide trac
Passe le vol de la lumière.
Dans les sept provinces du ciel
(L'une, de l'autre, est séparée
D'un pas de mille ans de durée),
Le prophète avec Gabriel
Distingue les ames futures
Des bienheureuses créatures
Qu'assembleront ses étendards
Flottans au dessus des trois parts
De la terre à sa foi promise ;
Les nombrant toutes, par leurs noms,
Il signe leurs illustres fronts
Du sceau sacré de son église ;

Il voit dans les feux de Satan
Cette portion mal apprise
De la Postérité d'Adam
Qui n'aura pas su l'Alcoran ;
Du Nadir des lieux de souffrances
Porté sur le Zénith des cieux,
Il tient avec le Dieu des Dieux,
Nonante mille conférences ;
Rentre en son lit... Et cependant,
Ces devis, ces traites immenses,
Ont été l'œuvre d'un instant,
D'un instant tel, que l'eau d'un vase
Que l'ange a heurté dans son vol,
N'a pas encore atteint le sol
Avant le terme de l'extase ».
Tel est, sur le tems fugitif,
L'empire de l'Intelligence :
Elle l'étend, ou le condense,
Au gré de son vouloir actif :
Suivant Locke, le tems n'existe
Qu'en ce que l'esprit attentif,
Par des points, signale sa piste.
Oui, l'homme, si, d'un pas tardif,
Le penser rampe dans sa tête,
Oui si son ame, du désir
D'apprendre, d'aimer, et d'agir,
N'est pas saintement inquiète,
Au champ de la terre où végète
Son inutile individu,
Par la racine est suspendu

Comme le brin d'herbe qu'il foule :
Eh ! l'intervalle qui s'écoule
Entre sa naissance et sa fin
(Vît-il d'un siècle le déclin !)
Du beau nom de VIE est-il digne,
Lorsque son cours honteux et vain
Ne tient qu'une chétive ligne
Sur les registres du destin ?

C'est du seul homme de génie,
Que, malgré sa célérité,
Le tems est la propriété.
En l'employant, il multiplie
Le court espace de la vie.
Jaloux du présent, il nourrit
Ici son cœur, là son esprit,
De sentimens, de connaissances ;
Il en fait germer les semences
Et pour lui-même et pour autrui ;
Anticipant ses jouissances,
Il économise aujourd'hui,
Incertain, si la destinée
Lui garde une autre matinée.
Le travail sait faire une année
Du jour qu'aurait perdu l'ennui
Digne PARTNER de la sottise ;
Et, dans un brillant avenir
Le reconnaissant souvenir
Le consacre, et l'immortalise.

CHANT TROISIÈME.

LE CHAT DE LA NATURE.

LORSQUE Nature, notre aïeule,
Au bout de quelque éternité,
S'avisa, lasse d'être seule,
D'essayer sa fécondité,
Et sur cette sphère attiédie
Versa les torrens de la vie,
Dans l'infinité de ses dons
Variant les mœurs et les formes,
Des imperceptibles cirons
Jusqu'aux Léviatans énormes,
Ne laissant rien d'inhabité....
C'est, dans ce brillant héritage,
Le Chat qui fut le mieux traité.
Des destins nourrisson gâté,
A-la-fois, il eut en partage
Adresse, force, esprit, beauté,
Longue vie et fleur de santé.
On sait que le Lion, vanté
Pour les charmes de sa stature,
Chez nos anciens s'étoit flatté
D'être de la belle nature,
Le chef-d'œuvre le plus parfait.
Elle a pour le Chat, en effet,
Modelé la même structure :
C'est le Lion en miniature
Qu'avec amour elle a refait.

Ainsi, sur tout ce qui respire,
Soit par la force ou par la loi,
Si le Lion obtient l'empire,
Le Chat en est le Vice-roi.
Nul autre, du sens de l'ouïe
N'a, plus que lui, les dons exquis;
Nul n'est plus vivement épris
Des doux effets de l'harmonie.
Même alors que le Chat n'est plus,
Ses restes, de musique imbus,
Et joyeux d'y servir encore,
Au violon de Therpsicore
Fournissent les sons les plus purs.
De sa membrane odorative
Les arrêts ne sont pas moins sûrs,
Ni la puissance moins active.
L'horreur de toute impureté
Le tenant sans cesse au *qui vive*
D'une défiance craintive
Qu'il sait *mère de sureté*,
D'après la rubrique instructive
Que lui transmirent ses aïeux,
Tout objet qui vient à ses yeux
Offrir une surface neuve
De son flair doit subir l'épreuve :
A la toilette de Beauté
Courtisan admis, il repose
Sur le jasmin et sur la rose
Sa noble sensualité :
Aux champs, de la fétide absinthe
Il se détourne épouvanté,

Et se roule, avec volupté,
Sur la suave calaminthe,
A qui son nom en est resté.
D'une céleste propreté
Dés l'enfance, éminent prodige,
Ne laissant le moindre vestige
De l'animale infirmité,
On croiroit (ô faveur étrange !)
Que par le sort il fut porté
A l'état glorieux de l'Ange,
Qui, dans la Bible, boit et mange
Sans nulle superfluité.
Le lynx, fier de son œil sagace,
Du Chat l'a jadis emprunté ;
Car il fut de la même race :
Mais nous l'avons deshérité,
Attendu sa férocité.
Quel admirable méchanisme,
Au fond de ce globe enchanté,
Distribuant les feux du prisme,
Economise la clarté !
Sur une ligne verticale
Tantôt le rayon introduit,
Par la paupière horisontale,
En un point se trouve réduit ;
Tantôt, sous sa double paupière,
La pupille, ivre de lumière,
Pompant la subtile matière,
La thésaurise pour la nuit.
Ainsi, contre sa griffe agile,
Rats et souris n'ont point d'asile ;

Ainsi, du gibier qu'il poursuit
Le Chat trop sûr, bientôt s'amuse,
Et semble défier la ruse.
Du singe la dextérité
Bien moins propre qu'imitative,
Du renard l'imaginative
Et le talent trop exalté,
Valent-ils la simplicité
De l'intelligence native
Dont l'enfant des Chats fut doté?
Et le tact, ce sens géomètre,
Des autres le type et le maître,
Homme orgueilleux, lorsque tu crois
Qu'il fut réservé pour tes doigts,
Ouvre les yeux... tâche d'entendre
Que Nature ne fut pas tendre
Pour toi seul, et qu'elle en départ
Au Chat une légère part.
Des nombreux tendons de sa patte
La mobilité délicate,
Serrant et lâchant les ressorts,
L'instruit de la force des corps;
Et quand l'idée est incertaine,
Cachée au fond de sa mitaine,
La griffe à cet attouchement
Vient réunir son jugement.
Des ans le Chat joint la prudence,
Par un assemblage charmant,
Aux gentillesses de l'enfance.
Ce qu'aux humains il est besoin
D'inculquer par l'épreuve rude

Du tems, du fouet et de l'étude,
Le Chat le sait sans aucun soin.
Une ingénieuse pratique
Dans les secrets de la statique
Derrière lui laisse bien loin
Nos songeurs de mathématique.
Ne l'avez-vous pas vu, souvent,
Supérieur à la tempête,
Quand des toîts visitant le faîte
Il est détrôné par le vent?
Alors, possesseur de sa tête,
Roidissant les pieds en avant,
Du dos arrondissant la crête,
Il ne tombe pas;... il descend:
Parcourt le danger d'un œil ferme,
Et sur terre, tel qu'un Dieu Terme,
Il s'assied avec majesté.
Mais ce qui le caractérise,
C'est une invincible fierté!
Rien ne corrompt, rien ne maîtrise
Son amour pour la liberté;
Cent siècles de société
N'ont jamais, dans cette ame altière,
Eteint la dignité première.
Malgré la domesticité,
Dans l'homme, ce n'est pas un maître
Qu'il a consenti reconnoître,
C'est un ami, c'est un égal...
Et quand l'homme, sur l'animal
Qu'il avilit du nom de *bête*,
Outrant l'abus de la conquête,

De ses droits ne lui laisse rien ;
Qu'il fait un esclave du chien,
Soumet au joug le bœuf qu'il trompe,
De l'éléphant conduit la trompe,
Du cheval comprime le flanc,
Du miel, du lait fait sa fortune...
Dans cette déroute commune,
Le Chat garde si bien son rang,
Qu'il reste à décider, en somme,
S'il fut, par l'antique contrat,
Admis au commerce de l'homme,
Ou l'homme au commerce du Chat.

De sa noblesse originelle
Comme il sait bien nous avertir,
Et, tout ensemble, nous offrir,
Hélas ! trop en vain, le modèle
De l'amitié douce et fidèle !

Qu'un de nous soit soudain porté
Dans le wisky de la fortune, ...
De sa récente pauvreté
Il fuit la mémoire importune :
Du haut de son Louvre, aujourd'hui,
D'un œil froid, à peine il regarde
Tel, qui des faubourgs avec lui
Hier partageoit la mansarde ;
Et son Chat, au lieu d'oublier
Le chemin de la gratitude,
Retourne vers l'humble grenier
Dont ils faisoient leur habitude :
Sur le marbre et l'or des lambris
Il va répandant son mépris :

D'une ambitieuse cuisine
Il fuit les poisons délicats,
Et court, de la pauvre voisine,
Nettoyer les modestes plats,
De son réduit punir les rats,
Ou de sa famille enfantine
Amuser l'innocent loisir :
C'est pour eux que son dos se gonfle,
Pour eux, dans sa poitrine..., ronfle
La patenôtre du plaisir.
  C'est ainsi qu'habile à choisir,
Sous le lambeau qui les attiffe,
La fleur des amis sûrs et vrais,
Il n'a que les dents et la griffe
A montrer à cet escogriffe
Que Monsieur a pris pour laquais.
  Je dirois les vertus insignes
Qui distinguent le Chat amant ;
Mais je crois voir, en ce moment,
Errer sur des lèvres malignes
Un sourire qui me dément.
Résistez donc à l'évidence,
Vous qui leur avez contesté
La pudeur et la chasteté !
  Quand deux chats sont d'intelligence,
A l'éclat indiscret du jour
En vont-ils faire confidence,
Comme les amans d'alentour ?
Non. De l'amoureuse harmonie
Le flambeau, qui dans leurs yeux luit,
Seul, sous les rideaux de la nuit,

Eclaire la cérémonie.
Minette, de l'aûguste hymen,
En jurant, profère l'*Amen*
D'une voix haute, intelligible,
Et Minon, époux transporté,
Se rend, par un geste sensible,
Maître de la communauté.
Heureuse, heureuse pétulance!
Idolâtre de son vainqueur,
Le sexe garde, au fond du cœur,
Un pardon pour la violence.
Aussi, par un juste retour,
Une immense progéniture
Est le loyer dont la nature
Favorise leur chaste amour....
Avant que le char de lumière
Ait parcouru le dernier tour
De son annuelle carrière,
La Chate devient trois fois mère:
Et chaque fois, quatre jumeaux
A son oreille font entendre,
Incessamment, ce nom si tendre
Récompense de tous ses maux.

LA NUIT FERMÉE.

V. VEILLES DU LITTÉRATEUR.

MAINTENANT, la Nuit, de ses voiles
Que dorent mille et mille étoiles,
Tapisse la voûte des Cieux.
D'un satellite officieux,
Seulement, la douce lumière
Blanchit les faces de la terre.
Aux amoureux, son ombre chère
Offre un abri délicieux,
Que, trop souvent, hélas ! le vice
A voulu prendre pour complice.
Je vois s'y tapir l'espion
Nécessaire et vil champion
D'une surveillante police.
Ici, l'assassin, le jaloux,
En silence apprêtent les coups
D'un vil bois, ... d'un stilet perfide.
Là, le filou trouve un affût
Pour s'approprier le tribut
Qu'il impose au passant timide.
C'est aussi dans cet humble coin
Que le rentier, qui, du besoin
N'a pas encore appris la langue,
Médite sa triste harangue,
Et se tait, s'il voit un témoin.

INSENSIBLEMENT, de la rue
La foule errante diminue.
Le détailleur ... encore ... attend ....
L'aubaine ... d'un dernier chaland.
Enfin, d'une épaisse clôture
Il a fait crier la serrure.
Il suppute, d'un air content,
Et son crédit et son comptant;
Il clot et registre et facture....
La lampe du comptoir a lui....
.... La journée a fini pour lui.

C'est pour vous qu'elle recommence,
Vous, qui de la conception
Parcourez la carrière immense,
Soit que, des feux d'invention
Une éblouissante étincelle
Sur vous, de l'essence immortelle
Signale une émanation;
Soit, qu'armés d'application,
Vous montiez avec patience
Les échelons de la science;
Tantôt, déchiffrant le secret
De l'éternel laboratoire,
Prenant l'artiste *sur le fait;*
Tantôt, sur l'airain de l'histoire
Gravant, pour la postérité,
L'inaltérable vérité:
Ou, dans une prose féconde,
Inculquant la morale au monde;
Ou, par des vers harmonieux,
Charmant et le cœur et l'oreille,
Chantant les Héros et les Dieux;
Dans un couplet ingénieux
Fêtant l'amour et la bouteille,
Ou, sur les travers des humains,
Versant le sel à pleines mains.

Comme la travailleuse abeille,
De Flore pillant la corbeille
En tire le suc précieux
Qui donne aux hommes l'ambroisie,
Et cette substance choisie
Dont s'éclaire l'autel des Dieux....
Quand les rubans du crépuscule
Ceignent le flanc de l'horizon,
L'Insecte, au fond de sa cellule,
Dépose sa douce moisson,
La digère, la manipule,
Et dans ces utiles travaux
Gagne le nocturne repos.....

De même, pendant la journée,
Le littérateur, transporté
Au sein de la société,
Fait sa curieuse tournée ;
Des cœurs déroulant le repli,
Des ans observant l'influence,
Des mœurs saisissant la nuance :
Puis, de sa récolte rempli,
Dans la paisible solitude,
Il la repêtrit par l'étude,
Des siècles de l'antiquité
Il interroge les décombres ;
Il évoque les saintes ombres
Dont s'honora l'humanité.....
Et par leur entretien sublime,
Son esprit, qui, du leur, s'anime,
Lancé dans l'immortalité,
Au profit des races dernières,
Grossit le trésor des lumières.....

De l'Imprimerie de la Ve PANCKOUCKE, rue de Grenelle Germain, N° 321, en face de la rue des Pères.

De même, pendant la tournée,
Le [illegible], transporté,
Au-delà de la sonde,
Par sa [illegible]
Des cœurs dévorant le [illegible]
Des âmes [illegible]
Dans [illegible] la France
[illegible]
Dans la [illegible]
Il la rapporte par [illegible]
Des abîmes de l'antiquité
Il interroge [illegible]
Il évoque les [illegible]
Dans [illegible]
Et [illegible]
[illegible]
[illegible]
Au prix des [illegible]
[illegible]

[illegible]

L'HEURE DE LA BIENFAISANCE.

(Fragment du poëme des HEURES. *)*

A cette heure même, où s'envole
La paille d'un plaisir frivole,
J'ai, dans d'autres tems, admiré
L'Ange de l'humanité pure,
Sous les traits d'un vieillard sacré (1)
Qui, d'une ample magistrature
Quittant le costume honoré,
Et d'un citadin ignoré
Empruntant la simple parure,
Gravissait, d'un pied vertueux,
Le pas obscur et tortueux
Qui mène au toit de l'indigence;
En chassait l'hiver et la faim
Avec l'écu de bienfaisance,
Épanchait le lait à l'enfance,
A la mère rompait le pain,
A l'infirme, alité par l'âge,
D'un chanvre qu'amollit l'usage
Changeait le tissu blanc et sain,
Assignait une aumône juste,
Par le travail, au bras robuste;
Par un baume Samaritain,
Calmait les maux de la souffrance;
Enfin, condamnant au silence,
D'un geste de sa noble main,
La reconnaissance indiscrète,
Regagnait sa sainte retraite,
A pas sourds, souvent demi-nu,
Heureux de se croire inconnu....

---

(1) Anecdote de la vie de Denis-François ANGRAN-d'ALLERAY, lieutenant-civil, immolé le 9 floréal, an 2, victime de l'amour paternel, après quatre-vingts ans de travaux et de vertus. L'expression sous laquelle on le désigne ici, se rattache à une pensée des anciens, qui regardaient comme SACRÉ, ce qui avait été atteint de la foudre; pensée dont on retrouve la trace dans ce bel adage, RES SACRA MISER.

FRAGMENS DU POÈME DES HEURES.

Du chant Ve : *Les Heures périodiques du jour.*

L'HEURE DU BAL ET DU JEU.

Au son d'un grelot, la folie,
Pêle-mêle, attire et rallie,
Sans distinguer âge ni rangs,
Un tas de frivoles enfans
Au sein d'un château de magie,
Où le feu de mainte bougie,
Par mille crystaux répété,
Epand une douce clarté
Plus favorable à la beauté
Que du soleil l'ardente œillade.

D'UNE estrade, assise au tournant
De l'éblouissante enfilade,
Emane l'Oracle tonnant
Qui prescrit les pas de la danse
De son tambourin la cadence
Unie au chant du violon
Fait rebondir, comme un ballon,
Sur un élastique théâtre
Cette adolescence folâtre.

O du plaisir puissans appâts ?
Lise, dont les pieds délicats,
Harassés par quelques cents pas,
S'arrêtaient et demandaient grace,
Lise a battu mille entrechats,
Et ne saurait quitter la place.
Aux yeux d'un amant transporté,
Ses yeux, ignescentes amorces,
D'une heureuse vivacité
Vont puiser et porter les forces.
Le contact de la douce main
De leurs cœurs trouve le chemin,
Soit qu'une même contredanse
Les entrelace en concordance
Partners, voisins, ou vis-à-vis ;
Soit que, dans le vaste parvis,
Ils parcourent la cycloïde
D'une valse inventée à Gnide.

.... Mais que vois-je ? d'un tapis verd,
Un autel s'élève couvert,
Dans un angle de l'édifice.
Là, s'apprête le sacrifice
Que projettent d'offrir au Dieu,
(Qu'ai-je dit ?) .... au Démon du jeu,
La convoitise et l'avarice.
Auprès de l'autel vient s'asseoir,
Conduit par la main de l'espoir,
Un danseur, que les flots de l'âge
Ont fait plus vieux, mais non plus sage.
Pardevant lui, d'argent et d'or
Il étale un léger trésor,
Appât tentateur, que le traître
Des trésors voisins pense accroître
Voilà qu'il attaque un monceau
De feuilles hiéroglyphiques:
Par trois fois, en cinq lots magiques,
Il en éparpille un faisceau....
Distribution incertaine,
Où de ses faveurs, de sa haine,
La Fortune a caché le sceau.
L'Oracle tourne.... L'assemblée,
De desirs, de craintes, troublée,
Cherche à lire dans tous les yeux
Si, de ces lots mystérieux,
Par quelque coin, l'énigme perce.
Immoral et honteux commerce
Dont le prix est: AU PLUS MENTEUR!
L'un, vernissant son front d'audace,
Du sort élude la disgrace,
Et fait fuir un compétiteur.
L'autre, pour enflammer sa proie,
D'un jeu sûr simule la joie
Sous les traits d'un calme imposteur.
Le Dieu des plaisirs te foudroie !
Bouillotte....., jeu fastidieux
Qui, d'un calcul ingénieux,
N'offre pas même la ressource !
Eh ! que serait-ce donc, grands dieux !
Si d'infâmes coupeurs de bourse,

Dans le cercle, avaient apporté
Leur détestable habileté?
Il s'en trouve plus d'un, peut-être,
Qui, déterminé spadassin,
Du meurtre couvrant le larcin,
Lèverait un fer assassin
Sur tel qui saurait le connaître.
Paris n'a-t-il pas, dans son sein,
Vu l'un de ces suppôts du crime,
Gorgé de l'or de sa victime,
Chercher encore dans son flanc
La dernière goutte de [illegible] sang?
Passion vraiment infernale!
Nouveau supplice de Tantale!
Insatiable soif de l'or!
Pour l'insensé qu'elle possède,
Raison, tems, il n'est nul remède.
S'il gagne, il veut gagner encor:
S'il perd, rien ne peut, dans son ame,
Eteindre la vivante flâme
D'un espoir constamment trompé.
De ce seul penser, occupé,
Le jour, la nuit, à la fortune,
D'un culte superstitieux,
Il adresse l'offre importune;
Il ne connaît point d'autres Dieux.
De l'humanité toute entière
Il a dénoué le lien;
Il n'est plus fils, époux, ni père,
Il n'est ami, ni citoyen:
Heureux! si, du métal livide,
L'attouchement empoisonneur
A laissé, dans son ame avide
Un faible vestige d'honneur!

Mais de ces funestes images,
Détournons un œil abattu,
Et portons nos tendres hommages
Au souvenir de la vertu....

De l'Imprimerie de la Ve PANCKOUCKE, rue de Grenelle
Germain, N° 321, en face de la rue des Pères.

LE SOMMEIL DE L'HOMME DE BIEN:

LE SOMMEIL DU MÉCHANT.

(*Fragment du Poëme des* HEURES).

C'EST dans cet austère plaisir
Que le sommeil vient le saisir.
Des élémens de sa pensée
La provision dépensée
Demande un aliment nouveau
Pour les fibres de son cerveau.
Il va s'étendre sur la laine
D'une couche modeste et saine.
Bientôt coule dans tous ses sens,
Un flot d'esprits assoupissans,
Qui, du sang tempérant la flamme,
Des nerfs détendant les ressorts,
Reportent la force à son corps,
Durant l'absence de son ame.
Dors, mortel honorable, dors
D'un sommeil pur comme ta vie;
Que jamais il ne soit troublé
Par les sifflemens de l'envie!
Près de toi voltige, assemblé,
Le chœur virginal des idées,
Qui, dans ton cerveau fécondées,
Doivent, comme d'autres Pallas,
Peupler l'Olympe du Génie.

SANS mesure, sans harmonie,
Dans le négligé du tracas,
D'abord chacune, à la lumière
Voudrait éclore la première.
Mais quand, du paternel levain,
La nuit calmant l'effervescence
Aura préparé leur naissance,
Alors, dans un ordre divin,

Le goût assignera leurs places.
D'un langage couvert de graces
Elles prendront le vêtement;
Voluptueux enfantement,
Qui réunit, au sens intime
Du bien que tu dois opérer,
La possession de l'estime
D'un siècle qui va s'éclairer
Aux feux brillans de ta science,
Et de l'hommage mérité
D'une juste postérité
Te fait goûter la prévoyance.

De ce somme délicieux,
Voulez-vous voir combien diffère
La nuit de l'homme vicieux
Qui va, d'une journée entière
Souillant la circulation
Des manœuvres de l'injustice,
Des mensonges de l'artifice,
Des projets de l'ambition,
Ou des calculs de l'avarice ?

L'universelle inaction
Suspend le cours de ses intrigues.
Plié sous le poids des fatigues,
Dans le fond d'un sombre réduit,
Interdit à l'accès du bruit,
Un doigt défiant le verrouille.
Pour lui, les cygnes, les oisons,
Ont quitté leur molle dépouille,
L'Espagne a cardé ses toisons.
Des foyers la flamme est éteinte.
Le mur d'un fastueux lampas
L'entoure d'une triple enceinte, . . .
Mais le repos n'arrive pas.
Le souci, le soupçon, la crainte
Le molestent, à tour de bras,
D'une perpétuelle étreinte.

Ses paupières, en se fermant,
Tendent au sommeil de vains leures.
De son marteau de diamant
Le remords lui sonne les heures.
« Dors-tu, méchant ? — Ah ! laisse-moi,
Fils de la honte et de l'effroi,
N'ai-je donc pas assez de peine ?
Vivre en divorce avec les ris,
Des petits affronter la haine,
Des grands dévorer le mépris,
Voilà mon sort. . . . Richesse vaine,
Tes dons, à ce prix, sont trop chers.
J'y renonce. . . . — Toi, misérable !
Tu ne peux, du joug qui t'accable,
Ni porter, ni rompre les fers.
Le faux repentir et la honte
Ici, pour toi, sont un acompte
Sur le supplice des enfers ».
De la nuit, ainsi, le silence
D'instans en instans est rompu
Par les cris de sa conscience.
Dans la plume enflée, il n'a pu
Trouver une commode place
Pour appuyer sa tête lasse.
Couverts d'une sueur de glace,
Tous ses membres semblent roulés
Sur des charbons amoncelés.
Ou, si la nature affaissée
Engourdit ses sensations,
D'effrayantes illusions
Viennent obséder sa pensée.
De ses crimes traînant le poids,
Tantôt, de la hache des lois
Il croit voir les lueurs funèbres
Briller à travers les ténèbres :
Tantôt, du dernier tribunal,
Il entend l'horrible signal. . . .
Il fuit dans l'abri de la tombe. . . .
Il crie. . . Il tressaille. . . Il succombe.

GUYOT-DESHERBIERS.

Ses complétez, au ce tord [illegible]
[illegible] et ses regard de [illegible]
Un [illegible] de [illegible]
En [illegible] les [illegible]
[illegible] — Ah! [illegible]
[illegible] de la [illegible]
[illegible] du palais
[illegible] au [illegible]
Une [illegible]
Des grands [illegible]
Voilà mon [illegible]
[illegible]
[illegible] — [illegible], vénérable!
[illegible]
[illegible]
[illegible]
[illegible]
Sur le [illegible]
[illegible]
[illegible]
[illegible]
[illegible]
[illegible]
[illegible]
[illegible]
[illegible]
[illegible]

[illegible]

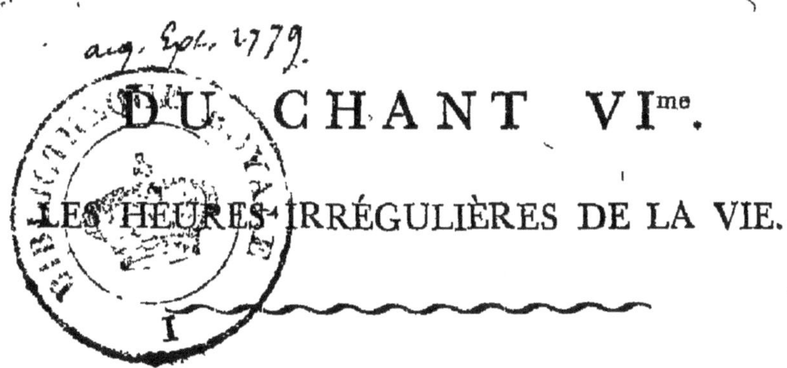

DU CHANT VIme.

LES HEURES IRRÉGULIÈRES DE LA VIE.

IVe Partie. *Les Heures de l'Utilité et de la Vertu.*

De l'âge, qu'on dit *raisonnable*,
Tels (1) sont les ébats importans.
En faire un péché condamnable,
Ce n'est pas là ce que j'entends :
Dans ces distractions, le sage
Improuve l'excès, non l'usage.
Du corps, et même de l'esprit,
Par une longue et dure tâche,
La santé s'use, ou se flétrit
Sans le secours d'un doux relâche.
Jouez donc, délayez le tems,
Vous qui prétendez, de la vie,
Tourner à profit les instans.

Ah! pourtant, que je vous convie,
Plus soigneux de votre loisir,
A faire l'essai d'un plaisir, ...
Mais délicieux, mais durable,
Mais à nul autre comparable!
Le ciel vous doua-t-il d'un cœur,
Premier instrument du bonheur?
Aimez, et faites qu'on vous aime.
Volupté facile et suprême!
Si, de sa poussière d'argent
Plutus envers vous fut prodigue,
N'attendez pas que l'indigent
De ses complaintes vous fatigue.

---

(1) La partie précédente embrasse la description des jeux de tout âge.

Peut-être à ce froid galetas
La Providence vous envoie,
Pour y disputer une proie
Aux douleurs, au vice, au trépas!
Voyez. De cet honneur insigne
Sentez-vous pouvoir être digne?
Ou plutôt, ne craignez-vous pas
Qu'un plus heureux ne vous devance?

Près des autorités du jour,
Si vous aviez quelque puissance,
Si vous l'étiez à votre tour;.....
Que la vertu, que l'innocence,
Qui, trop souvent, par le malheur,
Par la malice, ou par l'erreur,
Avec le crime est confondue,
Par vous toujours avec chaleur
Soit accueillie, ou défendue:
Comblez si bien tous vos instans
De cette activité céleste,
Que, pour les chétifs passe-tems,
Vous n'en ayez pas un de reste.

Si, d'un exemple renommé,
Votre cœur peut être enflammé,
Ecoutez. Est-il une vie
Qui fût jamais digne d'envie
Comme celle de cet Howard, (2)
Infatigable philanthrope,
Qui sut porter, d'un seul regard,
Dans les hôpitaux de l'Europe,

---

(2) John Howard, Shérif du comté de Bedfort, mort le 27 février 1790, a passé vingt ans de sa vie à visiter les prisons, les hôpitaux, les maisons de force des divers Etats de l'Europe, observant tous les abus, recueillant tous les moyens de faire le bien, consacrant à ce sublime emploi son existence et sa fortune.

Si la gloire est le patrimoine de la vertu, si la vertu se mesure (a) aux degrés de l'utilité, Howard est un des premiers êtres dont puisse s'énorgueillir le genre humain. — Voyez sa Vie, par le citoyen Boullard, l'un des Maires de Paris.

(a) Nisi utile est quod facimus, Stulta est gloria.
Phædr. Liv. III, Fab. 17.

Air, lumière, salubrité,
Consolations, et santé,
Ou, plongeant jusques à la fange
Qui touche aux fleuves des enfers,
Semblait, avec le bras d'un ange,
En tirer un monde pervers,
En lui rapprenant à connaître
Le travail, la vertu peut-être !.....
Miracle que, jusqu'aujourd'hui,
Le ciel avait gardé pour lui.

Ah ! cette gloire t'est commune,
Coulmiers ! (3) cœur charitable et grand !
Qui vas, sans réserve, livrant
Tes jours, ta santé, ta fortune,
A ce peuple déshérité
Par une marâtre Nature ;
Qui, de la triste humanité
Conserve à peine la figure
Sous le plus révoltant aspect.

Quelle prudence, quel respect
Dirigent tes mains délicates,
Dures d'amour, sages d'erreur,
Quand tu comprimes, quand tu flattes,
Ou leur délire, ou leur fureur !
Quels élans ravissent ton ame,
Quand, soufflant sur ce froid tison,
Tu refais une vive flame
D'une étincelle de raison !
Résurrection plus brillante
Que celle qui, de l'humble corps,
N'animerait que la charpente !

Reçois ici, de mes transports,
Reçois, ami, le tendre hommage :
Et puisse un Gouvernement sage,
Secondant tes nobles efforts,

---

(3) Membre de l'Assemblée constituante, aujourd'hui du Corps-Législatif, administrateur de l'hospice de Charenton, où sa sagesse et sa bonté ont fait des prodiges de guérison.

A l'Europe qui le contemple
Proposer ton heureux exemple,
Et multiplier tes succès
Par tout où luit le nom Français!

Peu d'humains ont droit de prétendre
A ces hauteurs d'utilité :
Mais, dans la médiocrité,
Il est des services à rendre :
Où jouit-on mieux d'un cœur tendre,
Qu'aux foyers de la pauvreté ?
Visage ami, douce parole,
Centuplent le don d'une obole.
Et puis, dans la foule des maux
Dont le sort, (soit justice ou haine,)
Nous forçant à nous croire égaux,
Froissa toute la race humaine,
N'est-il donc pas d'autre bienfait
Que le débit de cette terre
Dont, ici, les hommes ont fait
De leurs échanges la matière ?
Non, non. Le frère, sous le frère,
N'a pas été classé si bas.....
Puissance et Richesse n'ont pas,
Seules, le divin privilége ;
L'or ne sait pourvoir qu'aux besoins
Dont un sens grossier nous assiége,
Mais l'amitié, les tendres soins,
L'aimable commerce des larmes.....
C'est l'indigent, le malheureux,
Qui les administrent le mieux,
Qui le mieux en savent les charmes.
Aux contusions du malheur
La main qui souffrit, est plus douce.
La douleur connaît la douleur :
Sensible et fière, elle repousse
Le soulagement moins humain
Que lui présente une autre main.

Rome, jadis, vit maint esclave
Dont les maîtres devaient périr,
Endosser leur pourpre, et s'offrir
Aux poignards d'Antoine et d'Octave.

DANS ces jours de calamité
Qui souillèrent, ô ma Patrie!
Le berceau de ta liberté,
Lorsque l'anarchique furie
De ton terroir ensanglanté,
Ne faisait qu'une immense plaie;
Qu'un bouffon cruel, lâche et faux,
Au balancier des échafauds,
Se vantait de battre monnaie,
Les réduits de la pauvreté
Cachèrent plus d'une victime
A qui son nom, jadis vanté,
Ou son or, tenaient lieu de crime.
Plus d'un serviteur magnanime,
Enorgueilli de partager
Les honneurs du même danger,
Des lois d'enfer brava la rage;
Et du besoin l'étroit taudis
S'agrandissait en Paradis
De bienfaisance et de courage.

DIRAI-JE un fait peu curieux
Qui, naguère, a fait, de mes yeux
Jaillir, à flot, des pleurs de joie?

J'AI vu, sur la publique voie,
Un vieillard, dont la faible main,
De ses ressorts usait le reste,
A reporter, loin du chemin,
Des cailloux, dont l'angle funeste
Semblait s'apprêter à blesser
L'inconnu qui devait passer.
Bientôt épuisé, hors d'haleine,
Il goûtait l'oubli de sa peine
En voyant, d'un œil satisfait,
Le petit bien qu'il avait fait
Sans espoir de reconnaissance.

TELLE est son humeur, en effet,
A cette douce bienfaisance
Qu'elle ne s'inquiète pas
De trouver, ou non, des ingrats.

Que dis-je ? elle craint, elle évite
Louanges ou remerciment,
Et, comme d'un vénal paiement,
Elle s'en fait un démérite.

Je reprends ma conclusion.
Des grandeurs à l'abjection,
De l'opulence à la misère,
Il n'est point de condition
Où l'ordre éternel ne confère
La possibilité de faire,
Et tous les jours, un peu de bien.
Eh ! qui donc n'a pas le moyen
D'être époux amant, tendre père,
Pieux enfant, généreux frère,
Fidèle ami, bon citoyen,
D'être homme, et d'aimer quelque chose ?
Que tout, hormis cela, n'est rien !
Le bonheur, dit-on, se compose
D'imperceptibles élémens ;
C'est bien plus dans les sentimens
Qu'aux sensations, qu'il repose :
C'est le compte qu'à tous momens
L'ame se rend de son bien-être.
Toi seul as droit de le connaître,
Qui sais, de bonnes actions,
Colorer les pages du livre
Où le destin te laisse vivre ;
Qui, maître de tes passions,
Sur les sensuelles mollesses
Jetant un stoïque mépris,
Estimes, à leur juste prix,
Et les honneurs, et les richesses ;
Qui, sobre à donner des promesses,
Exact et prompt à les tenir,
N'effaces de ton souvenir
Que les noms de haine et d'injure ;
Qui, d'une admiration pure,
Rends le tribut à des appas
Dont la fleur ne t'appartient pas ;
Qui, de ta maison, fais un temple
Où vit, de parole et d'exemple,

L'Evangile des bonnes mœurs;
Qui, couvrant du manteau d'un frère,
Et la faiblesse et les erreurs,
Condamnes, d'un regard austère,
Le vice à rentrer dans la terre;
Préserves le nom d'un absent
De la langue du médisant;
Aux yeux de la Puissance aigrie,
Du juste embrassant le parti,
Par un courageux démenti,
Fais reculer la calomnie;
Qui te permets, pour tout orgueil,
De prendre une douce vengeance,
A servir celui qui t'offense;
Qui ne détournes point ton œil
Du spectacle de la souffrance,
Mais viens, d'un secourable bras,
Du faible soutenir les pas;
Eclaires la simple ignorance,
Caresses la touchante enfance,
Devant le vieillard vertueux
Baisses un front respectueux:
A la convoitise enragée
Arraches, d'un triste plaideur,
Par un avis conservateur,
La fortune demi-rongée;
Qui, tantôt, entre des amis,
Par un faux rapport désunis,
Fais expirer la bouderie
Dans une douce raillerie;
Tantôt, auprès de deux époux
Que, d'un ressentiment jaloux
Animait la rancune amère,
Plaidant la cause des enfans
Près d'être, sous ces différens,
Orphelins avec père et mère!....
Tirant l'avenir du passé,
Réchauffant l'amour par l'estime,
Romps un divorce commencé,
De nos lois la honte et le crime;
Qui, chérissant d'un saint amour
La terre où tu reçus le jour,

De sa puissance, de sa gloire,
De ses lois, de son unité,
De la paix, fruit de la victoire,
Te fais une félicité;
Zélateur de maximes saines
A travers le choc des partis,
Bouillans encor de vieilles haines,
A l'intérêt de leur pays,
Et sans rompre des lances vaines,
Par leur intérêt les ramènes;
Enfin, contre les ennuyeux
Faisant un rempart de tes livres,
Aux heures du loisir, t'enivres
De ce nectar voluptueux,
Cet aliment de la pensée,
Qui porte, à l'esprit studieux,
Un avant-goût de l'Elysée.

Un jour de ces délices plein
Comme, au cœur, il laisse l'envie
De répéter le lendemain!
Êtres divins, Vertu! Patrie!
Bienfaisance! Amitié! Devoir!
Muses! du matin de ma vie
Si jamais je n'eus le pouvoir
De vous donner qu'une partie.....
Du moins, prenez-en tout le soir.

De l'Imprimerie de la Ve PANCKOUCKE, rue de Grenelle, N° 321, faub. St-Germain, en face de la rue des Sts-Pères.

www.ingramcontent.com/pod-product-compliance
Lightning Source LLC
LaVergne TN
LVHW050458160826
845677LV00003B/819

* 9 7 8 2 3 2 9 6 6 1 7 6 6 *